HISTOIRES À LIRE
LE SOIR

Histoires à lire le soir

Texte et illustrations :
Marc Thil

Émile et le microbe

En fouillant dans le grenier, Émile découvre un vieux livre, vraiment très ancien, qui a l'air plein de secrets. Le titre est prometteur : *Recettes magiques très faciles*. Toute la matinée, Émile se plonge dans le livre puis il se dit : « Voilà ce que je vais faire : la potion pour faire grandir ! »

C'est facile, il faut d'abord un pissenlit entier, un peu d'écorce de bouleau, une cuillère de confiture de myrtilles, un peu de farine et trois arêtes de poisson. Ensuite, on doit broyer et mélanger le tout. Très important, précise aussi la recette, on doit absolument préparer la contre potion pour faire rétrécir, sinon, comment revenir à sa taille normale ? On risquerait autrement de rester grand à tout jamais !

Bientôt, Émile s'affaire dans le jardin pour découvrir un pissenlit et une écorce de bouleau. Puis, revenu dans la maison, il a de la chance, car il trouve tout le reste au réfrigérateur. Il étale ensuite l'ensemble sur la table de la cuisine, coupe les ingrédients en petits morceaux puis les mélange bien avec de l'eau. Il prépare aussi la contre potion avec soin. Pour ne pas confondre cette dernière avec la potion, il la pose dans l'évier.

Voilà maintenant qu'il a deux verres, l'un avec la potion sur la table, et l'autre avec la contre potion dans l'évier. Mais ce qu'Émile n'a pas vu, c'est qu'un peu de « potion pour faire grandir » a coulé sur la table, juste sur une feuille de pissenlit qui restait là. Et sur cette feuille de pissenlit, il y a un minuscule insecte, si petit qu'on pourrait l'appeler un microbe. Il trempe ses pattes dans le liquide puis en boit un peu. Il a l'air de trouver ça très bon, car il ne s'arrête pas de boire !

— Maman ! maman ! hurle Émile.

Mais il peut bien crier, personne n'arrivera, car il a pris le soin d'être tout seul dans la maison pour faire ses expériences. C'est horrible, le petit insecte, qui est sur la feuille de pissenlit, grossit, puis grossit encore pour devenir énorme.

En quelques instants, il est devenu tellement gros qu'il tient à peine sur la table de la cuisine.

Il finit par sauter à terre puis se dirige vers Émile qui tremble de peur et recule contre le mur.

L'insecte s'approche encore. Va-t-il dévorer Émile ?

Non, car le garçon a une idée. Il se précipite vers l'évier en évitant une patte velue presque aussi grosse que sa jambe. La bête avance toujours en ouvrant grand la bouche comme pour le manger ; elle s'approche encore, mais Émile est prêt. Il a réussi à prendre le verre de contre potion, celle qui fait rétrécir.

Juste au moment où le monstre ouvre encore plus grand sa bouche pour l'engloutir, Émile jette le contenu du verre dans sa gueule. Et hop ! en un instant, plus rien sauf un insecte minuscule qui s'agite sur le carrelage.

Un coup de talon et le voilà écrasé, ouf !

Ensuite, Émile jette soigneusement dans l'évier les potions qu'il a préparées et fait couler beaucoup d'eau pour tout nettoyer. On ne l'y reprendra plus à faire de la magie ! Il n'est pas trop fier de son aventure et n'a même pas envie d'en parler à sa maman quand elle rentrera. Cette expérience l'a quand même bien remué. Vous allez penser qu'il a compris qu'il valait mieux ne pas transformer notre monde par magie. Certes, mais il a surtout une peur bleue des insectes minuscules maintenant.

D'ailleurs, c'est sa maman qui a été bien étonnée l'autre jour quand Émile a refusé de manger sa salade de pissenlits :

— Non, maman ! Il peut y avoir des microbes sur les pissenlits, j'en suis sûr !

Le bracelet d'Anna

Anna ne possédait pas beaucoup de jouets. Elle n'en avait pas reçu souvent, sa famille étant modeste. Alors, elle s'amusait comme elle pouvait. Ce soir-là, elle avait retrouvé un vieux bracelet au fond d'une caisse en carton qui prenait la poussière en haut d'une armoire. Ce bijou n'avait rien d'extraordinaire ; c'était un bracelet en plastique doré avec de fausses pierres précieuses sur le pourtour.

Mais le bracelet était fendu, prêt à casser. Anna s'apprêta à le réparer. Ça tombait bien, elle avait un tube de colle forte qui pouvait tout recoller ou presque. Elle répandit alors un peu de colle transparente sur un bout de papier puis glissa le papier encollé dans la fente du bracelet. Après, elle serra le bijou en le maintenant avec du ruban adhésif le temps que tout soit sec.

Plus tard, Anna enleva le ruban adhésif. Son bracelet était réparé ! Elle le mit au poignet sans trop forcer de peur de le casser ; elle trouva qu'il lui allait très bien, si bien même qu'elle décida de le porter le lendemain au collège.

Le matin suivant, Anna fit particulièrement attention à sa tenue. Elle brossa avec soin ses cheveux qui retombaient en boucles sur ses épaules puis elle saisit le bracelet et, fièrement, le mit à son poignet. Elle s'admira un instant devant la glace de la salle de bains et ensuite, le sourire aux lèvres, prit le chemin de son collège.

Mais, une fois Anna arrivée dans la cour de son établissement, deux filles de sa classe, Cécile et Anne-Sophie, virent le bracelet briller. Elles se jetèrent sur elle.

— Oh ! le beau bracelet, fais voir !...

— Peuh !... Mais c'est du plastique !

— Regarde sur le côté, il est tout abîmé !

Et pour mieux voir, elles tirèrent sur le bracelet qui se fendit de nouveau, encore bien plus. Il devint inutilisable. Alors, les deux chipies s'en allèrent, laissant Anna seule. Elle mit le bijou cassé dans sa poche, le cœur gros, les yeux brillants, mais elle retint ses larmes de couler...

La journée fut longue et triste pour Anna, mais elle ne voulait pas se venger pour autant. Elle se contenta de rester à l'écart de celles qui s'étaient moquées de son bijou. Quand elle rentra enfin le soir, elle alla dans sa chambre et sortit le bracelet de sa poche. La fente était trop grande maintenant ; il était impossible de le réparer de nouveau.

Anna soupira, posa le bracelet sur un coin

de son bureau et se mit à ses devoirs. Une demi-heure plus tard, elle avait fini. Elle regarda de nouveau le bracelet et son cœur se serra. Ce qui lui faisait le plus mal, ce n'était pas le petit bijou cassé, mais le fait d'avoir été méprisée par deux filles de sa classe. Alors, elle laissa couler librement ses larmes trop longtemps retenues et cela l'apaisa un peu.

Un peu plus tard, sa maman l'appela du rez-de-chaussée :

— Tiens, on vient d'apporter cette enveloppe pour toi !

— Qui ?

— Une fille de ta classe, je crois, mais elle est déjà repartie. Elle m'a dit qu'elle n'avait pas le temps de rester.

Anna sécha ses yeux et descendit l'escalier. Sa mère lui tendit une enveloppe brune. Anna l'ouvrit et fut stupéfaite : elle en sortit un bracelet fin en métal doré. Il brillait à la lumière. Il était magnifique !

Anna le regarda un instant, émerveillée.

Un petit mot se trouvait aussi dans l'enveloppe : « C'est pour toi, Anna, je te le donne. Excuse-moi pour ce matin. » Et c'était signé « Anne-Sophie ».

Toute la tristesse d'Anna s'envola brusquement ; elle murmura : « Anne-Sophie, moi qui croyais que ce n'était qu'une chipie !... Je me suis bien trompée ! »

Le lendemain, en arrivant au collège, Anna portait son nouveau bracelet au poignet. Anne-Sophie l'accueillit gentiment, bien qu'un peu gênée. Elle s'excusa encore, mais Anna la mit vite à l'aise et bientôt, elles riaient toutes les deux...

Un peu plus tard, quand elle fut seule, Anna repensa à ce qui lui était arrivé. Bien des événements peuvent parfois trouver une issue positive. Grâce à son vieux bracelet, elle en avait gagné un autre beaucoup plus beau, mais surtout, elle s'était fait une nouvelle amie.

Mes trois araignées

Je suis content, j'ai trois araignées ! Pourquoi trois ? Tout simplement parce que c'était un lot. C'était vendu comme ça dans le magasin de farces et attrapes.

J'ai donc pu avoir mes trois fausses araignées en plastique pour le prix de quelques paquets de chewing-gums : une bonne affaire ! Surtout parce qu'elles sont très ressemblantes, on s'y tromperait. Et puis, elles sont toutes de tailles différentes, de la plus grosse à la plus petite.

En plus, elles sont tellement bien imitées que, lorsque j'ouvre le sachet, brrr... je n'ose pas les prendre dans les mains. J'ai beau me raisonner, me dire que ce ne sont que des morceaux de plastique, je n'y arrive pas !

Enfin, au bout d'un moment, je m'enhardis et tente de sortir la première : c'est la plus grosse ! Une patte dépasse presque de l'ouverture du sachet. Elle est velue. Je la saisis entre le pouce et l'index et sors l'araignée entière. La bête doit être aussi grande que la paume de ma main. Je la relâche aussitôt. Elle tombe sur la table et rebondit comme un ressort, comme si elle était vivante.

Ça fait peur !

Elle est horrible, tellement bien imitée ! Je la reprends avec appréhension. Elle est faite d'une matière molle et les pattes poilues et visqueuses peuvent adhérer au mur. L'araignée tient ainsi toute seule. Pratique ! Je m'entraîne à prendre et à reprendre l'animal en le collant sur le mur.

Quel effet, c'est monstrueux !

Il faut que j'en teste tout de suite l'effet sur d'autres. Avec qui ? Je n'ai pas besoin d'aller bien loin : je guette ma petite sœur Julie qui est dans la chambre d'à côté. Dès qu'elle sort, je m'empresse de coller le monstre sur le mur au-dessus de son bureau et j'attends, patiemment...

Au bout de cinq minutes, Julie revient. Rien sur le moment, mais quelques secondes plus tard :

— Hiii ! Maman, au secours !

Elle part en hurlant, descend l'escalier en courant et remonte avec maman qui tient un balai à la main.

Je pouffe de rire, mais je ne vais pas laisser écraser ma belle araignée pour autant. J'y tiens, moi ! Elle doit pouvoir resservir. Un coup de balai pourrait l'abîmer ! Au moment où maman, tremblante, s'approche avec le balai, je me précipite vers le mur et prends l'araignée par une patte.

— Maman, il est dégoûtant ! hurle Julie.

— Arthur, arrête ! Lâche ça tout de suite ! crie maman.

— Mais non ! regarde, c'est une araignée en plastique que je viens d'acheter.

Et je fais mine de la lancer sur Julie.

— Maman !

— C'est comme ça que tu dépenses ton argent de poche ! me lance maman en protégeant Julie du bras.

J'approche la bestiole, que je tiens par une patte.

— Oui, mais regarde comme elle est belle, maman, on dirait qu'elle est vraie !

— Écoute, maintenant, tu laisses ta sœur tranquille ou je la mets à la poubelle, ton araignée !

— D'accord maman.

Et je regagne ma chambre avec mon araignée.

Je me dis que ce premier test est réussi. Il est temps d'en faire un second avec une araignée bien différente, la plus petite cette fois. Discrètement, je la colle dans un coin au-dessus de l'évier de la cuisine. Mais peu après, j'entends la voix de maman :

— Arthur, ça suffit tes bêtises !

Un peu confus, je vais récupérer ma bestiole. C'est un peu ça le problème avec les araignées en plastique, ça ne marche qu'une fois. Mais on peut s'en servir ailleurs.

Le lendemain, durant le cours de français de madame Boullu, Solène se met à hurler en pointant la main vers le mur :

— Là ! une araignée énorme, là !

C'est tout de suite un brouhaha invraisemblable. Tout le monde se lève et veut voir le monstre. Madame Boullu s'est approchée et ne semble pas du tout rassurée. Elle se dirige vers la porte, sans doute pour demander de l'aide. Il faut que j'intervienne. Je crie, très sûr de moi :

— Madame, j'y vais !

Je me précipite vers le mur, ma chaussure à la main et écrase le monstre qui tombe à terre. Je ramasse la bestiole écrabouillée dans un mouchoir en papier et je vais mettre le tout à la poubelle. Il faut dire que j'ai pris le soin de jeter un mouchoir tout froissé que j'avais préparé. Ma précieuse araignée, elle, est dans un autre mouchoir qui a regagné ma poche.

Quelle panique ! J'en ai bien ri après coup. Mais comme je l'ai dit, le problème avec les araignées en plastique, c'est que ça ne peut pas servir trop souvent.

D'ailleurs, aujourd'hui, mes bestioles sans emploi ont regagné leur sachet, au fond d'un tiroir de mon bureau.

Elles sont au chômage. Sauf une que j'ai dû oublier de ranger, la plus petite... Je la vois encore sur le coin droit de mon bureau en rentrant dans ma chambre. Elle n'a plus rien à faire ici. Je vais la mettre avec les autres.

Une seconde après, je pousse des hurlements.

— Maman ! maman ! C'est une vraie !

— Une vraie quoi ? crie maman en arrivant.

— Une vraie araignée, là, sur mon bureau, je l'ai même prise dans la main !

Maman ne semble pas du tout inquiète, ni Julie qui rit à gorge déployée.

Je crois bien que, cette fois, je me suis fait avoir !

Grenouille en prison

C'est une petite mare pleine de roseaux, entourée de saules et de bouleaux. L'eau est verte avec quelques reflets argentés. Alice aime souvent y aller, car ce petit bout de nature sauvage la fascine. Il lui suffit de parcourir le jardin de sa grand-mère jusqu'au bout, là où il y a une petite porte de bois peinte en bleu. Elle l'ouvre et, un peu plus loin, derrière de grands arbres, se trouve la mare, endroit secret et caché, rempli d'une vie mystérieuse. Alice aime particulièrement les grenouilles, très nombreuses ici, et elle n'arrête pas de les regarder.

Elles sont si amusantes avec leurs gros yeux placés au-dessus de leurs têtes, leurs doigts munis de ventouses, leur vivacité à plonger dans l'eau ou à disparaître au moindre bruit !

Aujourd'hui, Alice, immobile derrière les roseaux, contemple une jolie petite grenouille, une rainette verte d'Europe. Elle est tellement belle ainsi, semblant regarder le ciel.

« Et si je la capturais ? pense Alice. Je l'aurais ainsi toujours avec moi. Je pourrais la mettre dans un grand bocal avec du gravier et des plantes. »

Elle court alors chercher une épuisette au fond du garage et s'approche lentement de la bestiole qui est toujours là. Hop ! d'un geste vif, Alice rabat l'épuisette sur la rainette.

Elle la met ensuite dans un grand bocal. Elle a disposé au fond de petits cailloux, un peu de terre, une plante qui baigne dans l'eau. Durant la journée, Alice regarde la grenouille, mais ce n'est pas très amusant. La petite bête ne bouge pas. D'ailleurs, comment pourrait-elle sauter dans ce bocal ? Elle a même l'air triste, en regardant le ciel, un peu comme si elle voulait s'envoler.

« Pourquoi l'enfermer ? se dit Alice. Pour avoir la petite grenouille tout près de moi, dans ma maison. Mais depuis que je la possède, je crois qu'elle est malheureuse, comme dans une prison. Et puis, ce que j'aime, c'est la voir dans la nature, dans sa petite mare. Il faut l'eau verte et calme, les feuillages et les roseaux qui la bordent. Maintenant, devant moi, il n'y a plus rien de tout cela, sinon un bocal presque vide qui contient une petite bête qui a peur. Alors à quoi bon ? »

Alice prend vite sa décision. Elle sort, le bocal sous le bras, et traverse le jardin. Elle ouvre la petite porte bleue et se retrouve devant la mare. Alors, elle s'accroupit près des roseaux et renverse doucement le bocal.

— Tiens, reprends ta liberté, petite grenouille, tu seras bien plus heureuse comme ça !

La rainette sort vite. Elle s'arrête ensuite un instant dans l'herbe et semble regarder Alice. Et puis la voilà qui disparaît brusquement.

Alice respire profondément comme si elle était soulagée.

Il y a des êtres ou des choses qu'on ne devrait jamais enfermer.

Amour et chewing-gum

Dans la classe, je regarde Julien à la dérobée. Le voilà qui tourne encore la tête vers Marie placée dans la rangée juste derrière lui. Cela fait des semaines qu'il est aux petits soins pour Marie. Et elle ? Elle se comporte comme si elle ne s'en apercevait pas ! Pourquoi ? Je n'en sais rien. Cela fait partie des mystères des filles de ma classe.

— Arthur, cesse de te retourner et travaille !

J'arrête de regarder Julien et je reprends mon exercice, mais je ne peux m'empêcher de penser à tout ça.

L'autre jour, Marie a fait tomber sa trousse pendant le cours de maths et tous les stylos se sont répandus sur le sol. Qui est-ce qui se précipite pour tout ramasser ? C'est ce gros balourd de Julien. Qui est-ce qui mendie un sourire pour se faire remercier ? Encore lui.

Déjà, la semaine dernière, durant la récréation, Julien était allé demander la clé de la salle de classe pour chercher la veste de Marie qui avait froid dans la cour, paraît-il.

Bref, je pensais bien depuis quelque temps que Julien était amoureux de Marie, j'avais des doutes. Mais ces doutes sont devenus une certitude hier.

Voilà exactement ce qui s'est passé : Marie était la dernière à sortir de classe. Julien était juste derrière elle. Moi, j'étais dans un renfoncement du couloir qui conduit à la salle, car je n'avais pas envie de descendre tout de suite dans la cour. Voici ce que j'ai vu même si je n'en croyais pas mes yeux. Marie avait réussi à garder son chewing-gum durant toute l'heure (pourtant c'est interdit, mais la prof n'avait rien remarqué). Avant de sortir de la classe, elle a jeté ce chewing-gum dans la corbeille. Mais comme elle est soigneuse, elle a fait comme on lui a appris. Elle a pris un petit bout de papier, a mis son chewing-gum dedans avant de jeter le tout. Comme ça, rien ne colle, la corbeille reste propre.

Eh bien, moi, j'ai été témoin de quelque chose, du jamais vu. Quelque chose qui prouve indiscutablement que Julien est amoureux de Marie ! Bien plus qu'un simple amoureux, un amoureux fou !

Voilà donc ce que j'ai observé : une fois Marie sortie de la salle, Julien s'est précipité vers la corbeille, a ramassé le petit bout de papier que venait de jeter Marie. Il l'a embrassé, ouvert délicatement, puis en a retiré le chewing-gum (non, ce n'est pas possible !) pour le mettre dans sa bouche !

Je l'ai vu de mes propres yeux, c'est vrai !

J'étais même tout étourdi quand j'ai rejoint la cour de récréation. Ça doit être ça, l'amour, me suis-je dit. Je n'y connais rien, mais ça doit être ça, l'amour fou, c'est certain !

Toute la journée, j'ai vu Julien mâcher le chewing-gum de Marie, comme s'il était aux anges. Et Marie n'en savait rien, ni personne d'autre, sauf moi !

Aujourd'hui, j'en suis encore tout retourné. Cela me fait de la peine pour Julien de le voir comme ça, c'est un bon copain après tout. Car maintenant que je l'observe de plus près, je remarque bien qu'il n'a rien obtenu de Marie sinon ce vieux chewing-gum.

Alors je décide de l'aider pour qu'il se passe quelque chose entre lui et celle qu'il aime. Et j'ai une idée de génie qui me vient à l'esprit quand je rentre à la maison. Je vais d'abord dans la chambre de ma sœur. Comme elle n'y est pas, j'ouvre son tiroir et trouve son bloc de correspondance : un beau papier rose avec de petits lapins blancs, très pâles, imprimés dessus. J'en retire une feuille ; je lui dirai plus tard. Puis je vais dans ma chambre et je prends mon stylo pour écrire un petit mot sur le papier rose.

Le lendemain matin à huit heures, pour le cours d'histoire de Mme Fourchon, je suis le premier à rentrer dans la classe. Et qui trouve un petit papier rose plié en quatre à sa place, troisième rangée, deuxième table ? C'est Julien.

Du coin de l'œil, je l'observe. Il pose d'abord son sac et voit tout de suite le papier. Il le fait immédiatement disparaître dans sa poche comme s'il se doutait de quelque chose et puis sort ses affaires pour suivre le cours.

Mme Fourchon a commencé la leçon et vingt minutes sont déjà passées. Elle écrit au tableau et je m'impatiente. Qu'est-ce qu'il attend pour lire le message ?

Ouf ! Au moment de faire un exercice sur le classeur, alors que nous sommes un peu plus libres et que Mme Fourchon est à son bureau, penchée sur un livre, il sort le carré de papier rose de sa poche. Il le déplie lentement à l'abri des regards indiscrets.

Après un bref instant de surprise, il se tourne vers Marie, un grand sourire aux lèvres, mais elle ne le remarque même pas, occupée à son travail.

Peu importe, mon coup a réussi. Ce gros balourd de Julien a l'air sûr de lui et je crois bien qu'il n'aura plus peur de s'approcher de Marie maintenant.

Voilà la prof qui arrive. Vite, je baisse les yeux et travaille, mais je ne peux m'empêcher de penser à Julien. Et lorsque je jette un coup d'œil rapide sur lui, je le vois l'air heureux, les yeux dans le vague, en train de mâcher un chewing-gum.

J'ai toutes les raisons d'être satisfait à présent, mais il faut que je vous dise ce que j'ai mis sur la feuille rose. J'ai d'abord écrit quelques lignes, en essayant d'imiter l'écriture de Marie : « C'est pour toi. À bientôt, Marie. »

Et en dessous, j'ai dessiné un petit cœur.

Avant de plier le papier, j'ai ouvert un paquet de chewing-gums, j'en ai pris un que j'ai placé au centre. Ensuite, j'ai plié la feuille en quatre.

Voilà pourquoi, la récréation arrivée, je suis impatient de voir comment ça va tourner.

Julien, sûr de lui, mâchonnant son chewing-gum, s'est approché de Marie, un grand sourire aux lèvres. Marie est seule dans un coin de la cour, mais moi, un peu plus loin, je ne perds rien de la scène.

— Merci Marie, merci ! lance Julien.

— Merci pour quoi ? dit Marie.

— Eh ben...

— Eh bien, quoi ?

— Ben... Merci pour ça ! dit Julien en ouvrant la bouche.

Il retire alors son chewing-gum et le montre à Marie.

— Tiens, voilà pour toi, gros dégoûtant ! crie Marie.

Et elle lui balance une gifle.

Moi, je m'éloigne sans demander mon reste.

Finalement, j'ai appris une chose : dans les histoires d'amour, il vaut mieux rester à l'écart.

L'anniversaire d'Alex

— Super ! Un pique-nique, s'écrie Alex.

— Oui, mais ne traîne pas pour te préparer, recommande sa maman.

Alex n'a aucune envie de s'attarder et il est le premier dans la voiture. Son père et sa mère le rejoignent. Ils roulent un bon moment puis s'arrêtent dans la campagne, près d'une petite rivière ombragée par de grands peupliers. Le papa d'Alex connaît bien l'endroit pour y être venu souvent pêcher.

Tous déballent le pique-nique, car c'est l'heure du repas. Puis, au moment du dessert, c'est une surprise pour Alex.

Il reçoit un petit paquet cadeau. C'est le jour de son anniversaire et il l'avait oublié ! Il défait soigneusement un emballage de papier rouge avec des rayures d'or. Ensuite, c'est une petite boîte en carton qu'il faut ouvrir. Il découvre alors une montre magnifique, celle dont il a toujours rêvé. C'est une montre avec un chronomètre et de nombreux gadgets. Fou de joie, il remercie ses parents.

— Prends-en soin, lui dit sa mère, c'est une très belle montre !

— Oui, rien à voir avec celle que j'avais jusqu'à présent, répond Alex.

L'après-midi, fier de porter sa nouvelle montre à son poignet, Alex aide son papa à installer le matériel de pêche. Ils fixent les cannes au sol puis attendent. Alex va et vient, se promène, regarde de temps à autre sa belle montre. Il en essaye les diverses fonctions :

alarme, chronomètre, éclairage du cadran...

Une heure passe, aucun poisson n'a encore mordu à l'hameçon. Tout à coup, on entend un grand cri :

— Ma montre !

— Eh bien quoi, ta montre ? dit le père.

— Perdue ! Je ne l'ai plus ! Je ne sais pas ce qui s'est passé... Le bracelet était peut-être mal réglé, un peu trop grand...

Il n'est pas facile de repérer une montre perdue dans l'herbe ! Malgré toutes les recherches, on ne trouve rien. L'après-midi se termine et il faut se rendre à l'évidence, la montre est bien égarée...

— Il est tard, on ne peut pas passer la soirée ici, dit enfin le père, fatigué. Il faut rentrer !

Et tout le monde repart à la maison.

« Il y a des choses qu'on ne garde qu'un petit moment, pense tristement Alex sur le chemin du retour, on n'a même pas le temps de s'y habituer ! »

Quatre jours sont passés et Alex a essayé

d'oublier la perte de sa montre. Il a remis à son poignet l'ancienne, mais de temps à autre, il ne peut s'empêcher de penser à celle qu'il a gardée si peu de temps.

Le jeudi soir, en s'asseyant à sa place pour le repas, il y repense encore ; ses yeux se posent sur sa vieille montre dont le bracelet abîmé entoure son poignet. Mais sa maman a un étrange sourire, on dirait qu'elle est particulièrement heureuse ce soir. Voilà qu'elle pose quelque chose juste à côté de ses couverts.

Quelle surprise : la nouvelle montre est là, toute neuve, toute brillante !

Alors, la mère entoure Alex de ses bras en disant :

— Papa est retourné spécialement là-bas avant de rentrer ce soir, il a passé du temps et il l'a retrouvée...

Les yeux d'Alex brillent. Il va embrasser son papa. Plus encore que d'avoir retrouvé sa montre, il est heureux de savoir que son père,

en sortant du travail, a pris du temps pour lui.
Il est fier, très fier de son papa.

Un chat toujours à l'heure

Cela fait déjà quelque temps que j'essaye d'apprendre à écrire à Tromou (c'est mon chat), mais rien à faire ! S'il sait maintenant tenir un crayon dans sa patte, il ne produit que d'horribles gribouillages.

Mais quelle surprise en me levant ce matin ! Je vois Tromou appuyé sur mon bureau et tenant à la patte un crayon ! Son autre patte est posée sur mon bloc de feuilles, celui que maman m'a acheté pour la rentrée de septembre, et il écrit. Je me frotte les yeux ; que peut-il bien écrire ?

Je m'approche et me penche par-dessus Tromou qui vient juste de poser son crayon. J'observe de grosses lettres pas très bien formées, mais j'arrive pourtant à lire le message suivant :

« Théo, dépêche-toi de me servir mon bol de lait. L'heure du petit déjeuner est bientôt passée ! »

Quel culot ! Ce matou me traite comme un esclave ! Mais je suis tellement émerveillé et abasourdi que je ne dis rien et m'empresse d'aller à la cuisine remplir un bol de lait.

Et c'est ainsi tous les matins, Tromou m'écrit à chaque fois un petit mot. D'ailleurs, pour que tout se passe bien, j'ai placé un stylo et une pile de feuilles à côté de sa panière dans ma chambre. Comme ça, le matin, dès qu'il se lève, il peut écrire. Pourquoi le matin ? Je n'en sais rien. Le reste de la journée se passe comme avant pour Tromou : petit déjeuner, promenade dans le jardin, repas, sieste et de nouveau promenade... Bref, une vie de chat !

Tous les matins, je guette mon petit mot ; ce n'est jamais très long, c'est du genre : « Tu as fait des progrès pour m'apporter mon petit déjeuner à l'heure ! », ou bien « Mets ton réveil à sept heures, je te rappelle que je veux mon bol de lait à sept heures quinze ! », ou bien encore « Deux minutes de retard sur l'horaire ! Attention, tu te relâches ! »

C'est incroyable ! Que ce matou est exigeant ! J'ai toujours été gentil avec lui et je l'ai certainement un peu trop gâté. C'est sans doute pour ça qu'il se prélasse toute la journée sans rien faire, attendant tout de moi, et qu'il est devenu rondouillard et mou. Ah ! il le mérite bien son nom de Tromou ! Mais je n'ai pas à me plaindre, c'est moi qui ai rendu ce chat tyrannique en faisant ses quatre volontés.

Pourtant, je continue gentiment tous les matins de bien lui apporter son petit déjeuner à l'heure prescrite et je m'améliore, si j'en crois les billets de Tromou. Je suis presque toujours à l'heure.

Il n'y a que le dimanche que je fais la grasse matinée et cela, mon chat le sait bien. Jamais il ne me l'a reproché. Ce jour-là, il accepte avec grâce un petit déjeuner tardif.

Quant aux autres repas, ceux du midi et du soir, jamais de récriminations ! Il ne s'en est jamais plaint. Il faut dire que, hormis le petit déjeuner, les autres repas sont bien rythmés chez nous. Maman nous appelle toujours à des heures invariables : douze heures trente pour le repas de midi et dix-neuf heures pour le repas du soir. C'est à ces heures-là que Tromou a sa gamelle. Ces horaires, il les connaît bien. À douze heures quinze, il s'agite déjà et se gratte un peu sous l'oreille droite. Le soir, un peu avant dix-neuf heures, il se gratte de nouveau, sous l'autre oreille. C'est un signe qui ne trompe pas et, si je fais une activité, je peux l'arrêter sans même regarder ma montre et me préparer pour le repas.

Bref, il n'y a que le petit déjeuner qui semble poser problème à ce chat écrivain. C'est que cela ne dépend que de moi. Pourtant, ces derniers temps, les petits billets de Tromou sont devenus plus rares, du style : « Pas mal du tout ! », « Tu t'améliores ! », « Un jour, et il est proche, tu seras un maître parfait pour chats. » Je suis très content qu'on me dise que je tends vers la perfection, même si cela ne vient que d'un chat...

Et puis, un jeudi matin, les billets de Tromou se sont arrêtés. Je m'en souviens bien : je me lève comme d'habitude à sept heures pile et j'apporte un bol de lait à sept heures quinze précises. Pas de billet ! Mon chat n'a pas touché le stylo et le papier. Je me dis que c'est exceptionnel et j'attends avec impatience le lendemain... mais rien le jour suivant ! Et rien non plus les autres jours !

Quinze jours durant, chaque matin, à mon lever, je guette un message, mais tout est bien fini ! Tromou a repris sa vie monotone de chat.

Mais pourquoi a-t-il donc cessé d'écrire ?

Je lui en parle souvent et il se contente de faire le dos rond, de se frotter contre mes jambes et de faire « miaou » de temps à autre, car, s'il sait écrire, il ne sait pas parler, vous vous en doutez bien. Plus de billets, pas d'explication...

Le dernier mot de l'histoire, je l'ai eu un peu plus tard. J'étais enrhumé, fatigué et je m'étais accordé quelques minutes de plus au lit après la sonnerie du réveil. En allant chercher le bol de lait, j'ai vu que Tromou avait écrit un petit billet.

Tout excité, je me suis précipité pour le lire et voici ce qui était noté :

« Jusqu'à présent, le service du petit déjeuner était devenu parfait et il n'y avait plus rien à écrire sur le sujet... Mais attention, aujourd'hui, tu te relâches ! »

Le mystère de la
poubelle du 16 bis

Le quartier où habite mon ami Eddy est plutôt moche : immeubles qui ressemblent à des prisons, rues sales et à l'abandon. Moi, pourtant, j'aime cet endroit, car j'y passe de bons moments avec Eddy ! Seulement, chaque fois que je vais le voir, maman me recommande de ne pas m'attarder en chemin et d'emprunter la petite rue Eiffel qui donne tout de suite sur l'immeuble d'Eddy. Comme ça, c'est plus rapide et je n'ai pas à traverser tout le quartier, car maman m'a expliqué qu'il y a toutes sortes d'affaires et de trafics louches dans ce coin. Je fais donc attention et, jusqu'à présent, il ne m'est jamais rien arrivé.

Aujourd'hui, samedi matin, je vais rejoindre Eddy et je prends comme d'habitude la rue Eiffel pour me retrouver devant son immeuble, le 16, rue des Abeilles.

Mais juste quand j'arrive, quelque chose attire mon attention : les poubelles devant l'immeuble. Trois grosses poubelles grises en plastique, sur quatre roulettes, des poubelles tout ce qu'il y a de plus courant, un peu rayées et salies. Mais ce n'est pas ça qui a attiré mon attention, c'est l'inscription tracée au feutre noir sur l'une des trois poubelles : 16 bis. Je ne savais pas qu'il y avait un 16 bis... Eddy habite au numéro 16, avant c'est l'immeuble numéro 14, et après le 18. Les numéros pairs sont de ce côté de la rue. Je le sais bien parce que l'autre jour, on a compté les blocs avec Eddy, je ne me rappelle plus pourquoi.

Cinq minutes après, je suis en bas avec Eddy. On vérifie les numéros des bâtiments : effectivement, pas de 16 bis. Peut-être une annexe derrière la cour ? Mais non, rien là non plus. On revient devant la poubelle mystérieuse et là, j'ai l'idée d'ouvrir le couvercle. Ce n'est pas très agréable d'ouvrir une poubelle, bien sûr, mais je veux en avoir le cœur net. Je prends une des poignées et tente de soulever le couvercle, mais c'est impossible ! Eddy essaye à son tour sans plus de résultat !

Nous remontons dans la chambre d'Eddy avec une énigme qui allait nous accaparer durant plusieurs jours : le mystère de la poubelle du 16 bis !

Les jours suivants, on a discrètement mené notre petite enquête et l'on a appris trois choses : le couvercle de la poubelle restait toujours impossible à ouvrir. Ensuite, la poubelle n'était pas tout le temps devant l'immeuble, parfois elle disparaissait pendant plusieurs jours. Et enfin, c'était surprenant, il lui arrivait même de se trouver au coin d'une autre rue !

Mais l'enquête fit un grand pas lors d'une période de vacances scolaires alors que j'étais venu voir Eddy tôt le matin.

Nous étions descendus devant l'immeuble. Juste à ce moment, la benne à ordures arrive. Intéressant parce que la fameuse poubelle du 16 bis est là ! Eddy et moi, on écarquille les yeux pour voir ce qui va se passer. Le mystère allait sans doute s'éclaircir.

Dans un grand tintamarre, le camion poubelle s'arrête presque devant chez Eddy. L'un des éboueurs prend l'une des trois poubelles du 16, la charge dans le camion où son contenu se vide avec fracas. Le deuxième employé fait de même avec l'autre poubelle du 16. Et la troisième poubelle, celle du 16 bis ? Va-t-elle enfin être ouverte et vidée ?

C'est alors que le premier éboueur rapporte sa poubelle vide et s'approche de la poubelle du 16 bis. Il la prend par la poignée et commence à la tirer vers le camion, mais là, stupéfaction !

Le couvercle de la poubelle s'ouvre à moitié !

J'ai le temps de distinguer une tête qui passe à travers l'ouverture. Cette tête parle avec l'éboueur quelques secondes, pas plus ! Puis l'employé, comme si on lui avait indiqué ce qu'il devait faire, remet la poubelle en place sur le trottoir.

C'est tout ! Les deux éboueurs remontent à l'arrière du camion qui repart pour s'arrêter un peu plus loin continuer le ramassage des ordures.

Il y a donc un homme à l'intérieur de la poubelle du 16 bis ! Qu'est-ce qu'il peut faire dans une poubelle ? Voilà la première question qu'on se pose avec Eddy. Et puis on émet des suppositions : un clochard ? Un fou ?

Toutes ces questions allaient vite trouver une réponse. On se précipite, Eddy et moi, vers la poubelle du 16 bis. J'arrive le premier. J'essaye d'ouvrir le couvercle. Fermé !

— Ouvrez ! On sait que vous êtes dedans ! lance Eddy.

Pas de réponse.

Je dis à mon tour, très fort :

— Si vous ne voulez pas répondre, on va le signaler à tout le monde autour de nous...

— Non ! Ne faites rien ! supplie une voix qui sort de la poubelle.

Après un léger temps d'arrêt, la voix reprend :

— Je crois qu'il n'y a personne d'autre que vous dans la rue, je vais sortir.

La rue est effectivement déserte de bon matin. Alors, sous nos yeux, le couvercle s'ouvre lentement. Un homme, habillé en tenue de sport, émerge. Pas du tout un clochard ! Bien au contraire ! Pendant qu'il sort, j'ai le temps de jeter un coup d'œil à l'intérieur de la poubelle, tout neuf et tout propre : un petit siège bas, du matériel électronique (on dirait un émetteur radio)... Je n'ai pas le temps d'en voir plus, mais je me suis rendu compte que cette poubelle était vraiment bien aménagée.

Notre homme en sort, jette un coup d'œil rapide autour de lui et referme le couvercle avec précaution, en le condamnant à l'aide de deux petits verrous bien dissimulés. Puis il nous entraîne à la hâte dans un renfoncement de la cour derrière l'immeuble.

— Tout d'abord, je suis inspecteur de police, nous dit-il en brandissant une carte sous nos yeux. Vous n'ignorez pas qu'il y a des trafics louches dans ce quartier. C'est grâce à cette poubelle aménagée, en réalité un observatoire camouflé, que nous comptons démanteler les gangs qui se trouvent ici...

Je suis sidéré, mais je ne peux m'empêcher d'interrompre l'inspecteur.

— Mais comment voyez-vous ?

— Comment est-ce que je vois quand je suis dans la poubelle ? Oh ! c'est bien simple : des petits trous, au ras du couvercle, munis d'appareils optiques. Je peux voir, même filmer et aussi communiquer avec le poste de police grâce à une radio.

— Génial ! lance Eddy, mais qui a eu cette idée ?

— Moi ! ajoute fièrement l'inspecteur. C'est moi qui ai eu l'idée et qui ai même tout aménagé... Ah ! vous avez vu ce qui s'est passé ce matin avec la benne à ordures. Cela n'aurait pas dû avoir lieu. Le camion a dû changer ses horaires. Quant à moi, c'est une simple camionnette banalisée qui me dépose ou me reprend, dans ma poubelle, à des heures où la rue est déserte.

Puis il termine :

— Bon, il faut que je retourne à mon poste. Je peux compter sur votre discrétion absolue ?... Et même peut-être sur votre aide... Si vous voyez quelque chose de suspect, passez sans vous faire remarquer près de la poubelle du 16 bis et prévenez-moi.

Très fiers de pouvoir aider un inspecteur si rusé, on l'assure de notre soutien.

Maintenant, avec Eddy, on parle souvent de notre « secret » et l'on observe régulièrement la poubelle aménagée. N'ayant rien vu d'inquiétant, on n'a pas alerté jusqu'à présent l'inspecteur.

Mais quelques jours plus tard, en rentrant de la piscine, on remarque de nombreuses voitures de police au bout de la rue. On s'approche. Des hommes, menottes aux poignets, sont conduits dans un fourgon.

Un peu plus loin, dans un coin isolé, le long d'un immeuble, je remarque la fameuse poubelle et j'imagine l'inspecteur, caché à l'intérieur, le micro de l'émetteur en main, donnant ses instructions.

Eddy, lui aussi, a vu la poubelle. Il me regarde avec un sourire en coin et me dit :

— La poubelle du 16 bis est entrée en action !

Adriane

Quand Adriane arriva au collège ce matin de printemps, elle remarqua tout de suite deux belles roses sur le talus face au portail. L'une était rouge et grande, magnifique. L'autre, un peu sur le côté, était de couleur rose, à peine ouverte, toute petite.

Adriane admira les deux roses, les beaux arbres du parc et se dit qu'elle avait bien de la chance d'être dans ce nouveau collège. L'an dernier, elle était dans un autre établissement bien triste avec des bâtiments gris entourant une grande cour goudronnée.

Il y avait seulement quelques arbres rabougris et minuscules tout au fond. Bref, du gris et du béton partout, et la nature réduite à presque rien. Les gens qui avaient construit son précédent collège n'aimaient certainement pas les enfants, pensait-elle. Ah ! pourtant, il y avait tout : salles de classe, tableaux, matériel moderne, etc. Mais ce qui rend la vie agréable, ce qui donne de la beauté, l'essentiel peut-être, ils l'avaient oublié... Peu de fleurs, peu de verdure, pas de petits bancs sous les arbres comme ici, où il fait bon s'asseoir et parler avec ses amis !

On devrait interdire de construire des collèges à ceux qui ne connaissent pas les enfants et qui oublient qu'ils ont besoin de fleurs, d'arbres et de papillons !

C'est ce que pensait encore Adriane ce matin et elle ne manquait pas, bien sûr, d'admirer les deux roses chaque fois qu'elle passait devant, en allant d'un bâtiment à l'autre.

En rentrant dans la salle de classe, Adriane se retourna vers Nicolas qui se trouvait juste derrière elle. Il préparait déjà son travail. Elle le trouvait gentil, Nicolas. Il était appliqué, toujours le nez dans son cahier ou ses livres, et il récoltait bien souvent de bonnes notes. Mais ce n'était pas pour ça qu'elle l'appréciait, il aurait eu de moins bonnes notes, cela aurait été exactement pareil. Elle aimait le regarder dans la cour avec ses copains. Il était rigolo quand il courait après le ballon, les cheveux au vent. Il aimait rire et jouer.

À la récréation de dix heures, surmontant sa timidité, Adriane s'était approchée de Nicolas dans la cour. Elle marchait à côté de lui et lui parlait de tout et de rien. Nicolas l'écoutait et restait avec elle ; il n'avait pas rejoint ses copains.

Arrivée devant les deux roses, Adriane s'arrêta et dit :

— Tu l'aimes, cette rose rouge ?

— Oui, elle est très belle, mais je ne l'avais pas remarquée... Tu vois des choses que je ne vois pas, moi !

Et puis, en pointant le doigt vers la petite rose à côté, à peine ouverte, il poursuivit :

— Et celle-ci, tu l'avais déjà vue ?

— Bien sûr !

Alors Nicolas se tourna lentement vers Adriane et lui dit :

— Cette toute petite rose, elle me fait penser un peu à toi...

Puis il lui prit doucement la main. Il la serra un peu. Adriane, les yeux humides, sentit un grand bonheur l'envahir.

Qui a effacé mes exercices d'anglais ?

C'est arrivé la semaine dernière, en ouvrant mon cahier d'anglais avant de partir au collège. Je remarque que les exercices 3 et 4, page 37, que madame Kelly nous a donnés à faire, ont disparu. Effacés ! Pourtant, je les ai bien faits la veille, j'en suis sûre ! D'autant plus que la prof m'avait recommandé : « Clémence, n'oublie pas de faire tes exercices ! »

En observant de plus près mon cahier, je remarque des traces de crayon à moitié effacées, exactement là où j'ai écrit ! Ces traces prouvent que j'avais bien fait mes exercices et qu'ils ont été tout simplement gommés !

Par qui ? Il me faut trouver le coupable.

Je ne vois que mon frère Benoît... Je me promets d'être attentive, mais je ne remarque rien. Pourtant, dès le lendemain, stupéfaction ! C'est un autre de mes exercices d'anglais qui a été effacé : toutes les réponses de l'exercice 10 cette fois ! Et j'observe encore les mêmes traces : on devine, derrière quelques mots mal gommés, ce qui reste de mon travail !

Ce ne peut être que Benoît, il faut que je le surveille, celui-là. Et c'est ce que je fais, en lui tendant un piège le soir même. J'ai laissé mon cahier ouvert avec un exercice fait au crayon bien en vue sur mon bureau, ma gomme étant posée juste à côté. Je passe ensuite devant la chambre de Benoît, en faisant du bruit, pour qu'il voie bien que je suis sortie. Au fond du couloir, je rentre discrètement dans la chambre de mes parents qui est vide. De là, en entrouvrant légèrement la porte, j'ai un bon observatoire pour voir qui pourrait pénétrer dans ma chambre.

J'attends quelques minutes.

Rien n'a bougé.

Puis Benoît quitte sa chambre pour aller sans doute dans le salon. Plus besoin donc de rester à mon poste d'observation. Je rentre alors dans ma chambre, et qu'est-ce que je vois ? Mon exercice à moitié effacé ! Et ma gomme posée à côté.

Que s'est-il passé ? Ce n'est pas Benoît, mais alors qui, puisque personne n'est entré dans ma chambre ?

Je ne vais quand même pas suspecter ma gomme : c'est absurde ! Mais sinon, qui d'autre ? Je regarde encore une fois la gomme immobile et je réfléchis. L'exercice n'est pas tout à fait effacé. Alors je me dis que j'ai peut-être interrompu l'action de la gomme en entrant dans la pièce.

Ma décision est vite prise. Je sors de la chambre et j'espionne à travers la fente laissée par la porte que je n'ai pas complètement fermée. Ne faisant aucun bruit, j'observe mon cahier, et surtout ma gomme.

Benoît passe à ce moment-là dans le couloir. Il me regarde avec un drôle d'air. C'est vrai que je dois sembler bizarre en train de guetter ainsi devant ma propre chambre. Vite, pour donner le change, je regarde dans le vague, l'air très absorbé, comme si je réfléchissais à un problème important. Benoît hausse les épaules et rentre dans sa chambre. Immédiatement, je reprends mon poste. Ouf ! Rien n'a bougé.

Durant cinq bonnes minutes, je reste attentive. Rien ne se passe. Je me dis que je suis complètement idiote à rester là, à attendre qu'une gomme veuille bien gommer toute seule peut-être ! Si je raconte un jour ça, on me prendra pour une folle !

Je m'apprête à pousser la porte pour rentrer quand, les yeux écarquillés, je vois ma gomme bondir brusquement sur mon cahier et gommer vigoureusement ce qui restait de mon exercice.

Toute seule ! Oui, toute seule !

En quelques secondes, tout est terminé. Ensuite, d'un bond, la gomme va se reposer tranquillement à sa place d'origine, c'est-à-dire à côté de mon cahier.

Je me précipite dans ma chambre, regarde ma feuille : l'exercice est complètement effacé ! Ma gomme, quant à elle, est parfaitement immobile.

Durant un instant, complètement ahurie, je ne sais pas quoi faire, puis j'ai une idée. Je prends un compas dans ma trousse et je tiens fermement ma gomme entre le pouce et l'index de la main gauche. J'enfonce plusieurs fois la pointe de mon compas dans la masse de caoutchouc.

Aucune réaction, la gomme reste inerte !

Je murmure alors : « Ah ! c'est comme ça, ma petite, on efface mes exercices quand j'ai le dos tourné. Eh bien, tu vas voir ! » Je saisis mes ciseaux et entreprends de découper un bout de la gomme.

Rien ! toujours aucune réaction du morceau de caoutchouc !

Je m'énerve alors et je découpe furieusement dans la masse un gros morceau qui devrait amputer ma gomme de la moitié de sa taille. Maman, que je n'ai pas vue entrer, apparaît à mes côtés et me regarde d'un air affligé : « Alors, c'est comme ça que tu traites tes affaires de classe !... Allez, range-moi tout ça et va au lit, c'est l'heure de dormir ! »

Je range ma gomme mutilée dans ma trousse et je rejoins mon lit.

Le lendemain matin, j'arrive en cours d'anglais sans exercice sur mon cahier, évidemment, puisqu'il a été effacé la veille. Madame Kelly, à qui je viens de raconter mon histoire, regarde attentivement mon cahier et ce qui reste de ma gomme, l'air intrigué.

Je conclus en disant :

— Voilà tout ce qui s'est passé, Madame ! Vous comprenez bien qu'après tout ça, je n'ai pas d'exercice à vous présenter !

Madame Kelly ne répond pas. Elle a un petit sourire étrange aux lèvres. Elle va à son bureau, en rapporte une gomme neuve et me la donne en disant :

— Je crois que tu peux jeter ta vieille gomme. Elle m'a l'air hors d'usage. Et prends celle-ci, elle ne te posera aucun problème, tu sais.

Puis elle ajoute, en fronçant un peu les sourcils :

— Tu as beaucoup d'imagination, mais ça ne t'empêchera pas de faire quelques exercices supplémentaires pour demain : l'exercice 10, celui que tu aurais dû faire pour aujourd'hui, plus les quatre qui suivent !

Conversation avec un escargot

Ce matin, dans le jardin, je me penche vers un petit escargot qui se repose sur une feuille verte au ras du sol. Il me regarde de ses yeux étonnés...

Alors, je m'accroupis et engage la conversation :

— Bonjour, je m'appelle Marina, je peux te parler un petit moment ?

Il me répond aussitôt, d'une toute petite

voix :

— Bien sûr !

Alors, je pose ma question :

— Est-ce que c'est intéressant, une vie d'escargot ?

— Bien sûr, aussi intéressant que ta vie d'être humain !

— Pourtant, tu sembles tellement petit, rien du tout, insignifiant quoi !

J'ai l'impression qu'il se met en colère.

— Rien du tout, insignifiant, moi ! Je vais te prouver le contraire ! Sais-tu que j'ai une maison portative, ma coquille, et que je reste dedans bien au chaud tout l'hiver ? As-tu, comme moi, des yeux au bout de deux tentacules qui peuvent bouger dans tous les sens ?

Pour ne pas le vexer, je choisis de ne pas lui dire que je me verrais mal avec des yeux comme ça et que je préfère les miens.

Puis il continue :

— Il n'y a pas que mes yeux qui sont extraordinaires ! Regarde, je n'ai même pas besoin de jambes ou de pattes, car j'avance aussi bien en rampant sur mon unique pied musclé. Et il y a encore ma langue râpeuse qui est exceptionnelle ! Elle est couverte de milliers de petites dents qu'on appelle des denticules cornés. Comme ça, je peux manger les jeunes feuilles sans problème.

Je n'en reviens pas : un simple escargot n'est donc pas aussi simple que ça ! Alors je lui dis :

— Excuse-moi pour tout à l'heure, tu n'es pas du tout insignifiant !

L'air satisfait, il me répond :

— Tu vois, le monde est bien plus compliqué que tu ne le penses...

Mais à ce moment-là, une grande ombre apparaît au-dessus de lui. Une silhouette noire et menaçante qui se rapproche.

— Scrouiiiich !

Et voilà mon escargot écrabouillé sous la botte de jardin de papa ! Je m'écrie :

— Papa ! tu as écrasé un petit escargot !

Il soulève sa botte et regarde d'un air distrait la bouillie qu'il y a sous son talon gauche. Puis il me répond :

— Ah ! un escargot ! Ce n'est que ça, mais c'est insignifiant, un escargot !

— Mais papa, sais-tu seulement qu'un escargot comme celui-là possède des yeux, montés sur tentacules, qui peuvent voir dans tous les sens !... un seul pied musclé qui lui permet d'avancer sans pattes ni jambes !... une langue couverte de milliers de denticules cornés pour mâcher les jeunes feuilles !

Papa me regarde en souriant et dit :

— Ah, toi, Marina ! toujours fourrée dans tes encyclopédies sur les animaux, tu en sais des choses !

Mon « six cents pattes »

Je l'ai capturé sous les fougères qui bordent le vieux mur de pierres du jardin, mon mille-pattes. Non, je dois dire mon « six cents pattes » ou presque, car il n'a pas mille pattes comme je l'ai découvert.

Il doit faire environ trois centimètres de long. La première paire de pattes, ce sont des crochets contenant du venin, mais sans réel danger pour l'homme. Rien à voir avec la scolopendre des régions méditerranéennes qui peut, elle, atteindre dix centimètres de long et dont le venin est assez dangereux.

Je l'ai d'abord examiné sous mon microscope. J'ai essayé de comprendre comment il faisait pour coordonner les mouvements de toutes ses pattes afin d'aller dans la bonne direction... Mais je ne sais toujours pas comment il y arrive.

Puis j'ai tenté de compter ses pattes. Je me doutais bien que « mille-pattes » est une appellation commode, mais approximative, et que ma bestiole n'avait certainement pas mille pattes.

Pas facile de les compter ! En l'immobilisant comme j'ai pu dans une petite boîte transparente, je suis arrivé à recenser à peu près six cents pattes. J'avais presque fini : il ne me restait que très peu à compter, mais je n'ai pas pu continuer, car, profitant du couvercle ouvert, le mille-pattes s'est enfui. J'ai cherché sous mon bureau, sous mon lit, sur les murs, dans tous les recoins, pas de mille-pattes !

Tant pis ! Je suis passé à autre chose. Mais bientôt, j'ai entendu un cri provenant de la chambre voisine, celle de ma sœur Julie.

— Maman ! maman ! Il y a une bête sous mon lit !

Je me suis précipité, pensant tout de suite à mon mille-pattes, mais quand je suis arrivé, il avait disparu. J'ai cherché sous le lit, partout, pendant que Julie me regardait avec les sourcils froncés comme si c'était moi, le coupable. Mais je n'ai rien trouvé et je suis reparti bredouille dans ma chambre tout en entendant les récriminations de Julie :

— Maman, je ne veux plus rester dans cette pièce, il y a un mille-pattes !

— Calme-toi, ma chérie, on le retrouvera bien !

— Mais non, maman ! Dis à Arthur de s'arrêter de s'amuser avec ces bêtes dégoûtantes !

J'ai cru bon d'intervenir en disant que je faisais simplement des expériences avec mon microscope, mais maman m'a coupé la parole en me disant de rejoindre ma chambre.

Épilogue

C'est bientôt l'heure de dormir. Chacun est tranquillement dans sa chambre. Moi, je suis étendu sur mon lit et je lis un livre, un livre sur les insectes, justement. Soudain, de la chambre de Julie :

— Maman ! maman ! un mille-pattes !

C'est le mien ! Je me précipite avec ma boîte, me jurant bien cette fois de ne pas le laisser s'échapper.

— Là, sur le mur ! hurle Julie.

Je cours vers l'endroit indiqué et, à l'aide d'une feuille de papier, je fais glisser l'animal dans la boîte.

Maintenant, tout est rentré dans l'ordre. Julie est calmée et peut dormir sur ses deux oreilles. Maman est contente et le mille-pattes est dans sa boîte en attendant de rejoindre demain le jardin.

Oui, dans le jardin, demain, car je n'aurai sans doute pas le courage de recompter toutes ses pattes. Il faudrait recommencer depuis le début !

Voilà toute l'histoire de mon « six cents pattes ».

Table

LIVRES DE MARC THIL

HISTOIRE
du chien Gribouille
Marc Thil
★ Collection Marc Thil

VACANCES
dans la tourmente
Marc Thil
★ Collection Marc Thil

La Petite Yvana Marc Thil
★ Collection Marc Thil
CONTE

40 FABLES
d'Ésope en BD
Marc Thil
★ Collection Marc Thil
40 FABLES

Découvrez dans les pages suivantes un extrait du livre *Histoire du chien Gribouille*

• Arthur, Fred et Lisa trouvent un chien abandonné devant leur maison. À qui appartient ce beau chien ? Impossible de le savoir. À partir d'un seul indice, le collier avec un nom : Gribouille, les enfants vont enquêter.

Mais qui est le mystérieux propriétaire du chien ? Pourquoi ne veut-il pas révéler son identité ? Et la petite Julie qu'ils rencontrent, pourquoi a-t-elle tant besoin de leur aide ?

• Une histoire émouvante qui plaira aux jeunes lecteurs de 8 à 12 ans.

Gribouille

Le feuillage des arbres ondule doucement sous le vent. Les maisons de ma petite ville, blotties au milieu de la verdure, ne m'ont jamais paru aussi jolies. Quelle belle journée de vacances d'été !

En revenant de la plage, je marche tranquillement en compagnie de mon cousin Fred et de Lisa, une amie qui habite la maison juste à côté de la nôtre. Nous sommes arrivés dans notre rue quand Lisa s'arrête brusquement et pose sa main sur mon bras.

— Arthur, regarde le petit chien là-bas !

Elle me montre du doigt un petit chien

banal, au poil ras, blanc avec quelques taches sombres, les oreilles dressées. Je lui réponds :

— Je vois bien un chien, mais il n'a rien d'extraordinaire...

Nous regardant tour à tour, Fred et moi, Lisa reprend vivement :

— Mais vous n'avez pas remarqué qu'il était déjà là hier. Avant, je ne l'avais jamais vu dans ce quartier ! On dirait qu'il est abandonné.

Nous nous avançons alors vers l'animal. Il semble avoir peur. Il fait mine de s'enfuir.

— Restez là, dit Lisa, j'y vais seule pour ne pas l'effrayer.

Elle s'approche lentement du chien et lui parle doucement. Au bout de quelques instants, il n'a plus peur et commence même à remuer la queue. Lisa peut alors le caresser ; elle nous fait signe d'approcher.

Je remarque que le chien a l'air fatigué, presque épuisé.

— Il doit avoir faim et soif, je vais lui

donner quelque chose...

Et comme nous pénétrons dans le jardin, le chien nous suit. Le laissant avec Fred et Lisa, j'entre dans la maison chercher de l'eau et un peu de nourriture.

Dès que je pose un bol d'eau devant lui, il le boit en quelques secondes. De même, il avale d'un coup les biscuits que je lui donne. Puis visiblement satisfait, il tourne autour de nous en remuant la queue et en poussant de petits jappements.

— Pas de doute, ce chien est abandonné, dit Fred, sinon, il n'aurait pas avalé ça si vite ! Et puis il ne resterait pas là, il reviendrait chez lui.

Parce qu'il s'y connaît un peu en chiens, il ajoute :

— C'est vraiment un très beau chien, un bull-terrier sans doute.

J'observe son collier, un joli collier de cuir rouge.

— Regardez, sur le collier, il y a une plaque à son nom : il s'appelle Gribouille !

— Drôle de nom ! remarque Fred.

— Grâce à son collier, on pourra facilement retrouver son propriétaire.

— Ça m'étonnerait, Arthur, dit Fred, je crois qu'il a été abandonné et que son maître ne voudra pas le reprendre.

— Non ! S'il a été abandonné, crois-tu que son maître lui aurait laissé ce beau collier ? C'est peut-être grâce à ça qu'on va le retrouver.

— Arthur a raison ! intervient Lisa. Regardez aussi comme son poil est brillant et bien entretenu. On voit bien que son maître en prenait soin. Pour moi, ce chien n'a pas été abandonné, il s'est perdu.

— Non, il ne s'est pas perdu ! assure Fred. Un chien ne se perd pas comme ça. Un chien retrouve en général la maison de son maître ! Et puis vous avez vu comme il est propre. À mon avis, ça fait peu de temps qu'il a quitté sa maison.

Je me rends bien compte que Fred a raison. Un chien ne se perd pas facilement, surtout dans une ville comme la nôtre qui n'est pas petite, mais pas immense non plus : Falaise-sur-Mer ne comporte que quelques milliers d'habitants ; elle est même plutôt isolée sur cette côte où les falaises sont battues par la mer. Pourtant, je fais remarquer :

— Ce chien a l'air tout jeune, ce n'est peut-être pas étonnant qu'il se soit perdu : il aura eu du mal à retrouver sa maison...

— Ça expliquerait tout... Tu as peut-être raison, dit Fred.

Mais comment faire pour retrouver son maître ?

L'annonce

— Retrouver son maître ?... J'ai une idée ! s'exclame Lisa. À la boulangerie, il y a un panneau avec des annonces rédigées par des clients. On va en mettre une pour signaler qu'on a trouvé Gribouille !

Tante Alice, que l'on vient de mettre au courant, trouve aussi que c'est une bonne idée. Dans le salon, nous entourons Lisa qui rédige un petit texte :

Un jeune chien de race bull-terrier a été trouvé à Falaise-sur-Mer. Prière de le réclamer à Mme Alice Santi en téléphonant au 02 50 43 89 57.

— Pas mal du tout ! dit Fred. On va tout de suite mettre l'annonce.

Arrivée devant la boulangerie, Lisa entre et demande l'autorisation d'afficher son texte sur le panneau. Une fois l'annonce mise en place, je me demande ce qu'on va faire de Gribouille en attendant qu'on vienne le réclamer.

— Pas de problème ! dit Fred, maman est d'accord pour qu'on le garde dans le jardin. Comme il n'aura pas le droit d'entrer dans la maison, on va lui construire une niche.

Et un peu plus tard, nous commençons à sortir quelques vieilles planches entreposées au fond du garage. Fred déniche des clous, un marteau et une tenaille. Mais avant de se mettre au travail, il faut d'abord trouver un endroit pour la niche. Notre jardin n'est pas très grand, mais il y a une petite place qui convient très bien contre la haie, au pied d'un gros épicéa.

En une heure environ, nous avons construit un abri en bois qui ressemble bien peu à une niche, mais il protégera Gribouille des intempéries, ce qui est l'essentiel.

Cependant, au moment de faire essayer sa nouvelle petite maison à Gribouille, celui-ci ne semble pas du tout avoir envie d'y pénétrer. Lui qui a suivi nos travaux avec entrain, tournant joyeusement autour de nous, fait maintenant triste mine, la queue basse, et refuse obstinément d'entrer dans sa niche, même quand on essaye de le pousser. Lisa va même chercher quelques herbes sèches dont elle tapisse le sol, rien n'y fait. Mais quand elle place quelques biscuits au fond de la niche, Gribouille y pénètre enfin, saisit l'un des biscuits et s'allonge, l'air satisfait.

Fred, qui vient de dénicher une cordelette, entreprend d'en faire une laisse : une boucle d'un côté servira de poignée ; l'autre bout sera attaché au collier de Gribouille. Lorsque tous ces préparatifs sont finis, il est dix-neuf heures et tante Alice nous appelle pour le repas. Je referme soigneusement le portail derrière Lisa qui rentre chez elle. Gribouille est en sécurité dans notre jardin.

À table, nous ne sommes que trois, car oncle Pierre est une fois de plus en déplacement pour son travail. Moi, je vis chez mon oncle et ma tante, avec mon cousin Fred, depuis que mes parents ont disparu tous les deux dans un accident. En me servant, tante Alice me sourit avec douceur, d'un bon sourire qui me réchauffe le cœur. En lui rendant son sourire, je pose affectueusement ma main sur son bras. Tante Alice, c'est un peu ma maman maintenant.

Durant tout le repas, nous discutons vivement de tout ce qui vient de nous arriver et du succès possible de l'annonce. Est-ce que quelqu'un téléphonera ? Et si personne ne téléphone, que ferons-nous de Gribouille ? Le garderons-nous ?

Nous sommes impatients de connaître la suite, mais tante Alice nous fait observer qu'il faut sans doute attendre quelques jours afin de laisser le temps à tous de lire l'annonce. Et puis, de bouche à oreille, l'information passera. Si la personne à qui appartient Gribouille habite bien à Falaise-sur-Mer, elle sera sans doute prévenue dans les jours qui viennent.

Le soir, avant de m'endormir, je repense à ma journée. Je revois le petit chien que nous avons recueilli, la niche que nous avons construite... Dans la brume qui précède le pays des rêves, j'entrevois un instant le beau visage de Lisa, puis le sourire de tante Alice qui vient de me souhaiter bonne nuit, avec un mot gentil et un baiser sur la joue. Je suis calme et heureux. C'est cela le bonheur, je crois, toutes ces petites choses qui peuvent paraître insignifiantes, mais qui sont pourtant essentielles...

Une réponse

Cependant, une semaine après, toujours pas de coup de téléphone !

— Tant mieux ! dit Fred, j'en suis bien content, comme ça, on gardera Gribouille !

Mais à midi, alors que nous sommes à table, le téléphone sonne. Tante Alice décroche.

— Oui, dit-elle, c'est bien ça... Un bull-terrier, oui... On pourra vous le rendre cet après-midi vers seize heures... À quel endroit ?... D'accord.

— Voilà, dit-elle en raccrochant, le propriétaire s'est manifesté. C'est un monsieur qui voudrait qu'on lui amène son chien dans le centre-ville, place du Débarquement. Il vous attendra à seize heures.

Nous restons là un peu ahuris sans répondre. Nous nous étions habitués à notre nouveau compagnon et il fallait le quitter ! Tante Alice, en voyant nos têtes, comprend bien.

— C'est vrai, je commençais moi aussi à m'y attacher... mais ce chien n'est pas à nous, son maître l'attend...

Je voudrais bien en savoir plus :

— Est-ce qu'il t'a dit comment il l'a perdu ?

— À vrai dire non, je n'ai pas pensé à lui demander. Nous avons surtout parlé de l'essentiel, c'est-à-dire où et quand lui amener le chien. Et puis il a été très bref... Mais vous aurez tout le temps de parler avec lui cet après-midi en lui remettant Gribouille.

Je m'empresse d'aller annoncer la nouvelle à Lisa qui s'attriste brusquement. Elle aussi commençait à s'attacher à Gribouille.

L'après-midi, tous les trois, nous rejoignons la place du Débarquement, la grande place centrale de Falaise-sur-Mer. Ce n'est pas très loin, quinze minutes tout au plus à pied. Fred tient Gribouille en laisse. Lorsque nous arrivons sur la place, il n'y a encore personne. Fred consulte sa montre.

— C'est normal, il n'est pas encore seize heures.

En attendant, nous faisons le tour de la place ombragée par de grands arbres et égayée par des massifs d'hortensias au milieu de la pelouse. Nous regardons chaque voiture qui passe, mais aucune ne s'arrête.

Tout à coup, Lisa s'écrie :

— Regardez ! Là-bas, la voiture blanche qui cherche une place de parking.

Assez loin, dans l'une des rues qui conduisent à la place, je distingue à peine une voiture qui se gare. Peut-être le conducteur connaît-il mal la petite ville et ne sait-il pas qu'il peut se garer sur la place même ? Enfin, les yeux écarquillés, nous regardons un homme sortir du véhicule et se diriger vers la place. Il arrive directement sur nous. Il a évidemment vu notre petit groupe et le chien. Je sens mon cœur battre. Dans quelques instants, Gribouille ne sera plus avec nous. Qui est cet homme à qui il appartient ? Alors qu'il arrive, je le dévisage : des cheveux bruns ébouriffés, un visage contracté. Il doit avoir la trentaine, sa tenue est négligée. Mais je n'ai pas le temps de l'examiner plus longtemps. Il est déjà devant nous et, sans préliminaires, dit d'une voix pressée :

— Bon, vous avez le chien ?... C'est bien lui, je le prends.

Lisa, qui tient la laisse, la remet à l'inconnu.

— Vous pouvez garder la laisse, dit-elle. On s'en est bien occupé et...

Mais l'homme ne lui laisse pas le temps de terminer sa phrase.

— Oh ! Je n'en doute pas, mais excusez-moi, je suis très pressé. Au revoir !

Et il tourne les talons sans en dire plus, mar-chant à grandes enjambées, tirant le chien derrière lui. Mon cœur se serre, car il traîne Gribouille qui se retourne sans cesse vers nous, la queue basse. Lisa et Fred sont émus, eux aussi. Nous restons là sans bouger, un peu ahuris. La voiture démarre et disparaît quelques instants après.

FIN DE L'EXTRAIT
du livre
Histoire du chien Gribouille